AF602655

VENTE

DE

DESSINS ANCIENS

PROVENANT D'UNE

COLLECTION CÉLÈBRE

HOTEL DROUOT

SALLE N° 4

Le Mercredi 15 Avril 1863

A UNE HEURE PRÉCISE

EXPOSITION PUBLIQUE

Le Mardi 14 Avril 1863, de une heure à cinq heures.

Commissaire-Priseur, Me **CHARLES PILLET**, rue de Choiseul, 11,

Expert, M. **ROCHOUX**, quai de l'Horloge, 19.

ON REMARQUE DANS CETTE COLLECTION

VINGT-QUATRE PORTRAITS
DE LA COUR DE LOUIS XIV

PAR

WALLERANT VAILLANT

PLUSIEURS PORTRAITS

PAR

LAGNEAU & DUMOUSTIER

DIX SUPERBES DESSINS

DE

GREUZE

LE PORTRAIT DE VAN BALEN

PAR

VAN DYCK

PLUSIEURS BEAUX DESSINS

DE

REMBRANDT

UN LIÈVRE

DE

WEENIX

ET DES ŒUVRES TRÈS-DISTINGUÉES

DE **Boucher, Eisen, Monnet, Watteau, J. G. Xavery, van der Helst, van Huysum, Adrien van Ostade, Albert Dürer, Léonard de Vinci, Guerchin, etc.**

Paris, Imp. Pillet fils aîné, rue des Grands-Augustins, 5.

Sentured } me Mamelle

VENTE

DE

DESSINS ANCIENS

PROVENANT D'UNE

COLLECTION CÉLÈBRE

HOTEL DROUOT

SALLE N° 4

Le Mercredi 15 Avril 1863

A UNE HEURE PRÉCISE

EXPOSITION PUBLIQUE

Le Mardi 14 Avril 1863, de une heure à cinq heures.

Commissaire-Priseur, Me **CHARLES PILLET**, rue de Choiseul, 11,

Expert, M. **ROCHOUX**, quai de l'Horloge, 19.

CONDITIONS DE LA VENTE

Elle sera faite au comptant.

Les adjudicataires payeront *cinq pour cent* en sus des enchères, applicables aux frais.

Paris. — Imp. PILLET fils aîné, rue des Grands-Augustins, 5.

Ces dessins proviennent en grande partie de la collection du prince Galitzin, achetés avant la Révolution, et de collections anglaises. On nous a assuré même que la belle série de dessins de Greuze avait été faite dans la maison du prince Galitzin où Greuze a séjourné quelque temps, et que des personnes de cette illustre famille avaient servi de modèles au peintre français pour quelques figures de ses compositions.

Les vingt-quatre grands portraits, dessinés d'après nature par Wallerant-Vaillant, sont bien intéressants pour l'histoire du milieu du XVIIe siècle, puisque tous représentent des personnages de la cour de Louis XIV, y compris le jeune roi et sa mère. On peut espérer que la collection du musée du Louvre, qui ne possède d'ailleurs aucun dessin de Wallerant-Vaillant, ne laissera pas disséminer cette précieuse série. Les superbes portraits de Lagneau, qui représentent aussi des hommes célèbres du commencement du même siècle, exciteront également, nous l'espérons, une vive curiosité.

Le portrait de Van Balen, par Van Dyck, est une merveille de finesse et de physionomie. Le groupe de gibier mort, par Wœnix, est peut-être le dessin le plus parfait qui existe de ce maître. Une demi-douzaine de Rembrandts, à pouvoir acquérir aujourd'hui, est une bonne fortune qui sera appréciée des amateurs, et ces dessins auront certainement un jour le plus grand prix : Watteau, Boucher, Eisen, et tant d'autrés de la charmante école française du XVIIIe siècle! Applaudissons à la mode qui les fait rechercher maintenant. On trouvera d'ailleurs dans cette vente des œuvres de toutes les écoles, depuis Léonard de Vinci et le Guerchin, Martin Schoen et Albert Dürer, jusqu'à Ribalta, le savant maître espagnol.

R.

DÉSIGNATION

FEDERIGO BAROCCI. 1528-1612.

1. — *Vénus au bain.* Bistre, crayon rouge et rehauts de blanc.

2. — *La Vierge à la fontaine.* Élégant dessin aux crayons noir et rouge.

JACOPO DA PONTE, dit le BASSAN. 1510-1592.

3. — *Scène rustique.* Au crayon rouge.

FRANCESCO GALLI DA BIBIENA, peintre et architecte. 1656-1729.

4. — *Vue de monuments* magnifiques. A la plume et lavé. Attribué à Canaletto dans la collection. Superbe dessin.

5. — *Dessin d'architecture* extrêmement riche, avec trois coupoles au centre et une fontaine. A la plume et lavé. Très-terminé et très-précieux.

6. — *Intérieur d'un riche palais*, avec beaucoup de figures. Très-beau dessin lavé à la sépia.

Jeronimus van Aken, dit BOSCH. 1450(?)-1518.

7. — *Tentation de saint Antoine*, entouré de figures fantastiques. A la plume et lavé.

Edme BOUCHARDON, sculpteur. 1698-1762.

8. — Grande étude académique de jeune homme nu.

François BOUCHER. 1704-1770.

9. — *Groupe de trois Amours ailés.* Sanguine.

10. — *Cour de ferme.* Devant la maisonnette, une jeune paysanne, des canards et des ustensiles agrestes. Spirituel paysage Sanguine.

11. — Pendant du précédent. La même jeune fille, poussant une porte. Un coq, des pigeons, etc.

12. — *Pastorale.* Berger, bergère, enfant et animaux. Crayons noir et blanc. Marque d'une ancienne collection : l'Ancre marine.

13. — *Etude de quatre têtes.* Signé et daté 1754. Même collection.

14. — *La Toilette.* Femme debout, vue par derrière.

15. — *La Prise de Troie.* Énée sauve son père Anchise. Fond de monuments. Très-beau dessin à la sanguine.

ATTRIBUÉ A BOUCHER.

16. — *Naïade couchée.* Crayons noir et blanc.

SIR PETER FRANCIS BOURGEOIS, né à Londres, en 1756, mort en 1811, donateur de la belle collection de tableaux à Dulwich College, près Londres.

17. — *Vue d'Italie.* Crayon noir.

JACQUES COURTOIS, dit le BOURGUIGNON. 1621-1673.

18. — *Bataille.* Vif et spirituel croquis à la plume et lavé de bistre.

19. — *Combat de cavaliers.* A la plume et chaudement coloré au bistre.

P. BOUT et A. F. BOUDEWYNS; Bout né en 1658, Boudewyns en 1644.

20. — *Vue d'un village flamand,* au bord d'une rivière. Beaucoup de figurines, des charrettes, des bateaux, etc. Lavis.

GIACINTO BRANDI. 1623-1693.

21. — *L'Aumône.* Un évêque donne l'aumône à des pauvres agenouillés. Crayon noir. Deux croquis au verso.

22. — *L'Annonciation.* Beau dessin au crayon noir.

Paul BRIL. 1556-1626.

23. — *Vue d'une ville,* avec des tours et des fortifications sur des rochers au bord de l'eau. A la plume.

24. — Pendant du précédent.

Jan BRVEGEL de Velours. 1568-1625.

25. — *Fête galante,* sous les arbres et au bord de l'eau. Aquarelle très-fine.

Peter BRVEGEL, le jeune. 1564(?)-1637-38.

26. — *Kermesse de village,* avec des chariots, des chevaux, des danseurs, des groupes de buveurs, etc. A la plume et lavé de bleu.

Jacques CALLOT (?). 1593-1635.

27. — Deux dessins à la plume. *Saint Pierre*, debout, et *Deux paysans* devant le feu.

Annibale CARRACCI. 1560-1609.

28. — Étude pour un tableau de la *Visitation.* Deux figures et un croquis de tête. Crayon rouge.

29. — *Adoration des mages.* A la plume. Provenant des collections du prince Galitzin et du prince Dolgorowky.

J. B. S. CHARDIN (?). 1699-1779.

30. — *Tête de jeune fille*, coiffée d'un petit bonnet. Presque de face. Crayon noir, rehaussé de blanc.

Lise CLOQUET, élève de Redouté.

31. — Quatre fines aquarelles de Fleurs.

Pietro Berettini da Cortona, dit le CORTONE. 1596-1669.

32. — Deux dessins à la sanguine.

33. — Deux autres études pour des tableaux.

Liv. CRUYL, prêtre, dessinateur et graveur, à Rome, au xviie siècle.

34. — *Vue du Forum et du Colisée.* Signé. Sur parchemin. Plume et sépia.

J. DAUBIGNY.

35. — *Vue de l'entrée de la vallée de Grigione*, en Corse. A la plume, imitant la gravure. Signé.

Louis DAVID. 1748-1825.

36. — Deux études au crayon, pour le tableau de ***Léonidas***.

François DESPORTES. 1661-1743.

37. — *Portrait du marquis de Beurron* (?), en costume de chasseur et tenant son fusil. Figure entière. Charmant dessin au crayon noir, rehaussé de blanc, sur papier bleu.

C. W. E. DIETRICH. 1712-1774.

38. — *La Mort aux rats.* Imitation de Rembrandt. Lavis à deux teintes, blanc et noir.

39. — *Paysage.* Imitation des Ostade. Lavis à l'encre de Chine.

Jacob van der DOES. 1623-1673.

40. — Étude de brebis et d'agneaux couchés. Excellent dessin au crayon et légèrement lavé.

Domenico Zampieri, dit le DOMINIQUIN. 1581-1641.

41. — *L'Annonciation* à la jeune Vierge, qui prie, agenouillée devant sa mère et entourée de saints et d'anges. A la plume, au crayon rouge, et lavé. Collection du prince Galitzin (nº 21), du prince Dolgorowky, etc.

Daniel DUMOUSTIER. 1575-1646.

42. — *Portrait de jeune homme.* Buste, presque de grandeur

naturelle. Tête de trois quarts à gauche. Physionomie douce et naïve. Aux trois crayons.

43. — *Portrait d'homme de guerre*, vu à mi-corps, la main droite tenant l'épée. Chapeau à plumes, longs cheveux retombant sur la cuirasse. Tête extrêmement énergique.

Albrecht DÜRER (?). 1471-1528.

44. — Six dessins représentant des sujets de l'histoire ancienne, à la plume et rehaussés d'or, en des médaillons sur papier teinté. Signés du monogramme et datés 1521.

Malgré le monogramme, ces précieux dessins doivent être de quelque maître de l'école de Dürer, et ils rappellent surtout Altdorfer. On dirait qu'ils ont été faits pour la gravure — en camaïeu, — et cependant nous n'avons pas réussi à en retrouver les reproductions au Cabinet des Estampes.

Cornelis DUSART (?). 1665-1704.

45. — *Le Marchand d'orviétan.* A la plume et lavé.

Anton van DYCK. 1599-1641.

46. — *Portrait de van Balen*, peintre d'Anvers. C'est le dessin d'après nature pour la célèbre série des Portraits. Celui-ci a été gravé par P. Pontius. Finesse exquise de modelé. Vive expression. Un chef-d'œuvre.

47. — *Vénus demandant des armes à Vulcain.* Belle esquisse pour un tableau. Dessiné à la brosse, lavé et rehaussé de crayon rouge. Collection François Regnault de Lalande.

École de van Dyck.

48. — *Vertumne et Pomone.* Crayons noir et blanc sur papier gris.

Charles EISEN. 1711-1778.

49. — *Un Guerrier reçoit des drapeaux sous les murs d'une ville.* A la sanguine. Dessin d'une finesse exquise, pour les *Nouvelles historiques*, par M. d'Arnaud, 1774. Signé : *Ch. Eisen invenit et fecit*, 1773.

50. — Vignette, avec un petit génie casqué, appuyé sur un lion. A la mine de plomb. Gravé en tête de la nouvelle de d'Arnaud intitulée : *Salisbury*.

51. — *La Malade.* Jeune villageoise couchée dans son lit. Trois autres personnages. Signé et daté 1767.

52. — *L'Adieu.* Près d'une console, au pied de laquelle sont effeuillées des roses, un jeune homme semble faire ses adieux à un ami, à sa femme et à ses enfants. Signé et daté 1770.

Ces deux dessins, à la mine de plomb, sont d'une même série, qui doit avoir été gravée. Deux petites merveilles de grâce et de sentiment.

53. — *La Prison.* Sous la voûte d'un cachot, un homme et

une femme viennent visiter deux prisonniers. Sanguine. Signé et daté 1773.

ADAM ELSHEIMER. 1574-1620.

54. — *Paysage*, avec un horizon immense. Effet de nuit. Crayon noir et lavé.

G. B. FRANCO. 1498-1561.

55. — *Paysage*, avec de grands arbres, un lac au milieu, et des montagnes au fond. Superbe dessin à la plume.

CLAUDE GILLOT. 1673-1722.

56. — *Procession grotesque*, avec des musiciens et des personnages déguisés ou capricieusement costumés, en avant d'un édifice à portiques et à colonnes. Sanguine.

EUGÈNE GOYET, élève de Gros.

57. — *Portrait de Benjamin Constant*, dessiné d'après nature, sur son lit de mort. A la mine de plomb. Signé.

J. B. GREUZE. 1725-1805.

58. — *Tête de jeune femme*. Grandeur naturelle. Superbe dessin à la sanguine.

59. — *Tête d'homme*, appuyée sur la main. Étude pour le

tableau du *Paralytique*. Grandeur naturelle. Sanguine.

60. — *Tête de jeune homme*, vue en raccourci. Grandeur naturelle. Sanguine.

61. — *Tête de petit garçon*. Grandeur naturelle. Sanguine.

62. — *Tête de jeune homme*, de profil à droite. Grandeur naturelle. Sanguine.

63. — *Tête de petit garçon*, couché. Grandeur naturelle. Sanguine.

64. — *Tête d'homme*, de profil. Grandeur naturelle. Sanguine.

65. — *Tête de petit garçon*, retournée de trois quarts. Grandeur naturelle. Sanguine.

66. — *Étude de femme*, coiffée d'un bonnet. Mains jointes. Pour un des tableaux du Louvre. Sanguine.

67. — Étude de quatre têtes de petits garçons, sur la même feuille. Sanguine. Première qualité de Greuze.

G. F. Barbieri, dit le GUERCHIN. 1591-1666.

68. — *Paysage*, avec figures. Vigoureux dessin à la plume.

69. — *Femme et enfant*, dans un paysage. Superbe dessin à la plume. Attribué à Louis Carrache dans la collection.

70. — *Buste de femme*. A la plume.

71. — *Étude de bergers.* Cinq figures d'hommes nus. A la plume et lavé à la terre de Sienne brûlée.

Van HELLEMONT, élève de Teniers.

72. — *Intérieur d'estaminet.* Crayons noir et blanc, sur papier bleu.

Bartholomeus van der HELST. 1613-1670.

73. — *Portraits de van der Helst et de sa femme*, assis sur la terrasse d'un parc et vus jusqu'aux genoux. Deux pendants, au crayon noir, et qui paraissent avoir été exécutés pour la gravure. Provenant de la vente Taschereau.

Jan van HUYSUM. 1682-1749.

74. — *Fruits et fleurs*, sur une console. A la plume et lavé à l'encre de Chine. Dessin de première qualité.

75. — *Paysage arcadique.* On sait que ce célèbre peintre de fleurs a souvent fait des paysages très-délicatement étudiés. A la plume et lavé.

Karel du JARDIN. 1625(?)-1678.

76. — *Le Muletier.* Contre-épreuve (?) d'un superbe dessin au crayon rouge.

Giuseppe Cesari, dit le JOSÉPIN. 1560(?)-1640.

77. — *Saint Pierre et saint Paul*, en un médaillon, pour la décoration du palais Aldobrandini. Aux trois crayons.

LA FAGE.

78. — *Bacchanale.* Le jeune Bacchus, sur un char traîné par des lions et entouré de bacchants et de bacchantes. A la plume et lavé de bistre. Signé.

LAGNEAU. « Un peintre au crayon, sur la biographie duquel nous ne saurions rien dire, quoique nous connaissions fort bien ses ouvrages, grâce à son faire particulier et à son incroyable fécondité... Nous n'avons pas la moindre date, pas le moindre détail concernant sa vie. Son nom écrit par quelque main du temps sur ses dessins, une mention passagère comme celle que fait Marolles en divers endroits, voilà tout. » (F. Reiset, *Archives de l'Art français*, t. V.)

79. — *Portrait de vieillard*, de trois quarts à droite. Buste de grandeur naturelle. Calotte noire; collerette et fourrure. Tete énergique, extrêmement expressive. Un chef-d'œuvre. Aux trois crayons.

80. — *Portrait d'homme* à barbe. De profil. Buste, grandeur naturelle. Superbe tête, fine et aristocratique. Aux trois crayons.

81. — Autre *Portrait d'homme,* de profil et de grandeur naturelle. Col plat rabattu, au lieu de collerette. Exécution toute magistrale.

L. J. F. LAGRENÉE, l'aîné. 1724-1805.

82. — *Vertumne et Pomone.* Signé et daté 1760. Aquarelle très-finie et très-claire.

Louis LAGUERRE, né à Paris en 1663, mort à Londres en 1721, très-célèbre en Angleterre comme peintre décorateur.

83. — *Dessin de fauteuil*, richement sculpté et doré. Deux lions debout forment les bras du fauteuil. Dessiné à la plume et finement colorié à l'aquarelle.

Nicolas LARGILLIÈRE. 1656-1746.

84. — *Étude de draperies*, aux crayons noir et blanc, sur papier bleu.

LE PAUTRE, architecte. 1617-1682.

85. — Une *Fontaine*, dont la vasque, portée par un triton et une néréïde, est surmontée de deux génies et d'une tête de poisson fantastique qui vomit l'eau. Beau dessin à la plume et lavé. Mis au carreau pour l'exécution.

Jacopo LIGOZZI.

86. — *Madone*, avec plusieurs figures. Plume, sépia, rehauts de blanc.

Louis-Michel van LOO. 1707-1771.

87. — *Étude d'une nymphe chasseresse*, couchée et endormie. Sanguine.

Melchior LORCH, peintre et graveur allemand. 1527-1586.

88. — *Tête d'homme* à barbe, de profil. A la plume. Signé du monogramme ML accolés, avec la date 1553.

DE MACHY.

89. — *Intérieur d'une église* de Milan. A la plume et à l'encre de Chine.

Carlo MARATTI. 1625-1713.

90. — *Madone* assise, tenant sur ses genoux l'enfant Jésus, qui caresse saint Jean. Dessin très-terminé, au crayon noir et lavé à l'encre de Chine.

C. P. MARILLIER. 1740-1808.

91. — *Lorezzo*. Un gentilhomme embrasse un berger, près duquel une bergère et une famille de paysans. Signé et daté 1774. Charmant dessin à la plume et lavé à la sépia.

Jan van der MEER *de Jonge* (le jeune). 1646-1726.

92. — Deux pendants. *Paysages* avec personnages et animaux. A l'encre de Chine. Signés et datés 1704.

Raphael MENGS. 1728-1779.

93. — *Le Christ couronné d'épines*. Buste, avec les deux mains croisées sur la poitrine. Crayon noir.

94. — *Portrait du pape Clément XIII*, à mi-corps, et tenant de la main gauche un papier. Beau dessin au bistre, rehaussé de blanc.

95. — *Jupiter et Ganymède*. Dessin de la fameuse peinture exécutée à Rome. Crayon noir, encre de Chine, rehauts de blanc. Très-terminé.

Willem MIERIS. 1662-1747.

96. — *Portrait de jeune homme*, en buste. Dessin très-terminé, au crayon rouge. Signé : W. M• F.

C. MONNET.

97. — Vingt-deux compositions et un frontispice pour l'illustration de *Télémaque*. Gouaches très-fines et très-brillantes de couleur. Cette charmante et précieuse série devrait être intercalée et reliée dans une belle édition du *Télémaque*.

C. J. NATOIRE. 1700-1777.

98. — *Guerrier couronnant une femme* servie par les Amours. Beau dessin à la plume, lavé et rehaussé de blanc.

99. — *Pomone*. Femme nue et couchée, recevant une pomme des mains d'un enfant. Sanguine.

NICOLE.

100. — *Paysage*. Sépia.

JACOB VAN OOST, le vieux. 1600(?)-1671.

101. — *Les Syndics.* Intérieur de bureau où président des fonctionnaires coiffés de chapeaux à grands bords. En avant, plusieurs figures. Précieux dessin à la plume, au bistre, et rehaussé de blanc.

ADRIEN VAN OSTADE. 1610-1685.

102. — *Intérieur d'estaminet.* Quatre figures. Vif croquis à la plume.

103. — Devant un cabaret de campagne, nombreux buveurs, des musiciens, des enfants etc. Grand dessin à la plume, vigoureusement lavé à l'encre de Chine.

104. — Cinquante compositions d'Adrien van Ostade, finement reproduites à l'aquarelle par un artiste anglais: collection intéressante et précieuse.

A. OVERLAET.

105. — Un Vieux tenant un balai et une Vieille disant son chapelet, deux dessins à la plume et imitant la gravure, d'après Teniers. Signés et datés d'Anvers, 1755.

FRANCESCO MAZZOLA, dit le PARMESAN (?). 1503-1540

106. — Deux Têtes, au crayon noir.

JOSEPH PARROCEL. 1648-1704.

107. — *Bataille* de cavaliers et de fantassins. Plume et sépia.

108. — *La Descente du ravin.* Mulets, bestiaux, paysans. Vif et spirituel croquis à la plume.

PESNE.

109. — *Portrait de Friedrick II*, roi de Prusse. Tête de profil, grandeur naturelle. Crayon rouge. Au bas est écrit: « Friedericus Koenig in Preussen, von Pesne, in « Berlin. 1750. » Avec une marque de collection représentant un Sphinx.

LE CHEVALIER PIETER.

110. — Son portrait, par lui-même, assis devant son chevalet. Traces de signature en bas, à gauche.

PILLEMENT.

111. — *Chinoiseries.* Dessin très-spirituel, au crayon. Signé.

112. — *Dessin d'ornementation*, au crayon. Deux petits génies, au-dessus d'une vasque surmontée d'un encadrement rustique porté par deux cariatides.

113. — Deux beaux dessins de scènes rustiques, dans la manière de Berchem. Au crayon noir et lavés.

Rembrandt van Rijn. 1608-1669.

114. — ***Tobie et l'Ange.*** L'Ange est debout, ailes étendues, près de Tobie, assis au bord de l'eau et faisant un geste de surprise, sans doute à l'aspect du fameux poisson qui doit guérir la cécité. Grand paysage avec des arbres, largement indiqué, à gauche. A la plume. En haut, signature et date, qui paraissent assez douteuses : *Rembrant f.* 1630. On sait que Rembrandt omettait le plus souvent le *d* dans les signatures de ses premières années, de 1630 à 1635.

115. — ***Homme debout,*** de face, la main gauche sur la hanche, un bâton dans la main droite. Il est coiffé d'un turban et il porte un ample manteau par-dessus une espèce de tunique. Physionomie très-fine et très-expressive. A la plume.

116. — ***Buste de femme,*** tenant son baby, vu presque de face. Elle sourit à l'enfant avec une expression très-vive. Excellent croquis à la plume et légèrement teinté.

Au verso est une *Étude de femme,* qui met ses boucles d'oreilles devant une glace. Elle est vue à mi-corps, le torse penché en avant. Près d'elle, à gauche, un homme debout. Rembrandt a peint ce sujet, dont Ferdinand Bol a fait aussi un tableau. Également à la plume et lavé au bistre.

117. — ***Homme debout,*** les deux mains sur les hanches. Ample costume et turban. A la plume, avec des accents énergiques, à la terre de Sienne brûlée.

118. — ***Homme debout,*** accoudé contre sa table de travail et

occupé à lire. La tête, de profil à gauche, est coiffée d'une sorte de bonnet carré. A droite, en arrière, un banc. A la plume et chaudement accentué par des coups de pinceau à la terre de Sienne.

Imitation de REMBRANDT.

119. — *Buste d'homme* à barbe, tourné de trois quarts à gauche. A la plume et lavé.

120. — *Tête d'homme* à barbe, vue de face et coiffée d'une espèce de turban. A la plume.

Francisco RIBALTA. 1560(?)-1628.

121 — *Un Saint* écrivant sous l'inspiration divine. Superbe dessin à la plume, lavé de bistre.

Hiacynthe RIGAUD. 1659-1743.

122. — *Portrait du duc de Vendôme.* A la plume, au crayon rouge et lavé.

123. — *Portrait d'Henriette de France.* Vive et spirituelle esquisse pour un grand portrait. Crayons noir et rouge, avec lavis d'encre de Chine et rehauts de blanc.

Hubert ROBERT. 1733-1808.

124. — Six Études de monuments et de paysages, faites en Italie. Contre-épreuves.

LEVERD ROLLAND.

125. — Episode de l'histoire de Venise. Nombreux cortége sortant d'un palais vénitien. Signé et daté 1833. Aquarelle très-colorée.

HEINRICH ROOS. 1631-1686.

126. — *Groupe d'animaux*, au premier plan d'un paysage. Signé *HRoos fecit*. A la plume et lavé à l'encre de Chine.

127. — *Le Gué*. Une vache et des moutons, suivis d'une bergère, s'avançant vers un ruisseau où boit un pâtre. A la plume et lavé.

SALVATOR ROSA. 1615-1673.

128. — Études de figures d'hommes, l'un assis, l'autre debout et vu de dos. Superbe dessin à la sanguine.

D'APRÈS RUBENS.

129. — *Suzanne au bain* et les deux vieillards. Crayon noir et lavé à l'encre de Chine. Dessin pour une gravure (?).

130. — *Groupe des pauvres* auxquels saint Martin distribue son manteau, dans le grand Rubens appartenant à la reine d'Angleterre et gravé par Chambers. On y remarque une figure de plus que dans la peinture, et ce dessin passait pour une étude originale dans les collections précédentes.

131. — *Apollon et Marsyas.* Crayon noir. La peinture originale, de Rubens, est aujourd'hui galerie Pereire. Le dessin était attribué à Jordaens par le précédent propriétaire.

Gabriel de SAINT-AUBIN.

132. — *Intérieur d'édifice.* A la plume et à l'encre de Chine.

Attribué a André del SARTE. 1488-1530.

133. — *Sainte Catherine*, debout, tenant une palme. Aux trois crayons. Marque d'une collection à couronne ducale.

SCHERWIN, graveur anglais.

134. — *Sainte Famille.* Ovale. Crayons rouge et blanc. Gravé.

Martin SHOEN.

135. — *Deux anges en l'air*, portant un ostensoir. Admirable dessin à la plume et lavé. Il est gravé, probablement.

Jean Christian SCHOTEL. 1787-1838.

136. — *Marine*, avec plusieurs barques et des pêcheurs sur le rivage. Superbe aquarelle, poussée à une couleur énergique.

Francesco SOLIMENA. 1657-1747.

137. — Aquarelle d'un plafond exécuté dans une chapelle. Ovale.

B. SPRANGER. 1546-1628.

138. — *Saint Sébastien*, lié à une colonne. Des archers tirent sur lui. Beau dessin à la plume.

HERMAN SWANEVELT. 1620-1690(?).

139. — *Paysage*. Site italien, avec un fond de montagnes Au premier plan, petite figure d'ermite. Beau dessin à la plume et lavé à l'encre de Chine.

PIETER QUAST.

140. — *Le Christ devant Pilate*. Cinq figures, dans le style de Rembrandt. A la mine de plomb, sur parchemin. Signé et daté 1639.

DAVID TENIERS, le jeune. 1610-1690.

141. — *Intérieur de cabaret.* Croquis très-spirituel, à la mine de plomb, pour un tableau.

JACOPO ROBUSTI, dit le TINTORET. 1512-1594.

142. — *Les Noces de Cana.* Première pensée du tableau exécuté à Venise et gravé par Odoardo Fialetti. A l'encre de Chine. Jointe la gravure, comme constatation des variantes entre la première esquisse et la grande peinture. Ce dessin était attribué à Paolo Veronese dans les précédentes collections.

C. VACCA.

143. — *La Manne.* Fragment d'une grande composition pour un tableau. A la plume et légèrement lavé. Mis au carreau pour l'exécution.

PERINO DEL VAGA. 1501-1547.

144. — *Scène de la fable de Jason.* Nombreux personnages. Beau dessin à la plume, lavé et rehaussé de blanc.

WALLERANT VAILLANT, né à Ryssel (?) en 1623, élève d'Érasme Quellyn à Anvers, mort à Amsterdam en 1667 (?). Il avait quatre frères, Bernard, André, Jean et Jacques Vaillant. Houbraken, t. II, p. 102, donne le portrait de Wallerant Vaillant et une notice très-étendue sur cet habile portraitiste. (Voir aussi Brulliot et Mariette.)

Vingt-quatre Portraits, au pastel ou au crayon, tous en buste et de grandeur naturelle, presque tous signés et datés de 1650 à 1660, savoir :

145. — *Anne d'Autriche* (voir le portrait gravé par Nanteuil).

146. — *Louis XIV jeune.* Gravé par van Schuppen en 1660.

147. — *Marie-Thérèse d'Autriche*, jeune (voir le portrait gravé par N. Piteau).

148. — *Gaston d'Orléans.* Gravé par N. Poilly.

149. — *Hugues de Lionne* (voir le portrait gravé par Nanteuil).

150. — *Frédéric-Guillaume*, électeur de Brandebourg (voir son portrait gravé par A. Masson).

151. — *Léopold*, empereur des Romains, roi de Bohême et de Hongrie, archiduc d'Autriche. Gravé en manière noire par Wallerant Vaillant.

152. — *Jean-Philippe*, archevêque de Mayence. Gravé par W. Vaillant.

153. — *Antoine, duc de Grammont*, maréchal de France. Gravé par W. Vaillant et par P. Lombart.

154. — *Le Prince Rupert*, électeur palatin du Rhin, inventeur de la gravure en manière noire (?). Gravé par W. Vaillant.

155. — Portrait de jeune femme, en corsage blanc décolleté.

156. — Portrait de jeune femme, avec un collier de perles.

157. — Portrait de jeune femme, en corsage noir.

158. — Portrait de jeune femme, en corsage gris.

159. — Portrait de jeune femme, en chapeau à plumes.

160. — Portrait d'homme, avec un rabat uni.

161. — Portrait d'homme, avec un rabat garni de guipures.

162. — Portrait d'homme en cuirasse; moustache très-légère.

163. — Portrait d'homme, à moustache retroussée.

164. — Portrait d'homme, avec des crevés aux manche.

165. — Portrait d'homme, à courte moustache hérissée.

166. — Portrait d'homme, à front chauve. Costume espagnol.

167. — Portrait d'homme, en cuirasse.

168. — Portrait d'homme, avec col uni, retombant sur sa cuirasse.

FRANCESCO VANNI. 1563-1609.

169. — *Saint Jérome*. Aux trois crayons.

GIORGIO VASARI. 1512-1574.

170. — *Sainte Famille*. Sépia, lavé de blanc.

ÉCOLE DES VAN DE VELDE.

171. — *Marine*, avec plusieurs barques de pêcheurs. Très-beau dessin lavé à l'encre de Chine. Attribué dans la collection anglaise à *Cornelis* van de Velde. Ce Cornelis, de la famille des Willem, est mentionné dans quelques auteurs anglais.

FRANÇOIS VERDIER, élève de Lebrun, 1651-1730.

172. — *Descente de croix*. Grande et belle composition dans le style de l'école romaine. A la plume, au crayon noir et lavé.

LÉONARD DE VINCI. 1452-1519.

173. — *Portrait de femme*, en buste, de grandeur naturelle. La tête de trois quarts à gauche, est couronnée d'une

résille. Collier en pierreries et chaîne de perles. Superbe et précieux dessin au crayon noir.

D'APRÈS LÉONARD DE VINCI.

174. — Quatre Têtes caricaturales. Plume et sépia.

JAN WEENIX. 1644-1719.

175. — *Lièvre mort*, pendu par la patte, oiseaux morts, équipages de chasse, groupés en avant d'un buisson. A gauche, fond de paysage. A l'encre de Chine. Signé. Finesse exquise. Conservation parfaite. Un des plus beaux dessins du maître.

JOHANN WISH.

176. — *Nymphe et Satyre*. A la plume, pour une gravure (?). Signé et daté 1657.

ANTOINE WATTEAU. 1684-1721.

177. — *Têtes d'étude*. Vieillard à barbe, de profil; vieillard à barbe, de trois quarts; vieillard à barbe, en raccourci; femme de profil, penchée en avant. A la sanguine. Dans le style de Rubens, à qui elles ont été attribuées dans les collections précédentes.

ATTRIBUÉ A WATTEAU.

178. — *Danse au milieu d'un parc*. Cinq personnages. Au crayon rouge. Paraît être un dessin pour la gravure.

Philips WOUWERMAN. 1620-1668.

179. — *Scène de camp*. Un officier, vu de dos, tient un cheval qui se cabre. Un soldat à cheval sonne de la trompette. Un peu en arrière, une femme à cheval, vue de face. A droite, au second plan, des soldats jouent aux dés sur un tambour. Au fond, des tentes. Beau dessin à l'encre de Chine. On dit que c'est une étude pour un groupe dans un des tableaux du Louvre.

G. J. XAVERY.

180. — *La Reine des roses*. Une jeune femme, en robe à carrés roses et blancs, danse sur un semis de roses; au-dessus de sa tête, des guirlandes de roses et de fleurs. A gauche, sous un arbre, Arlequin et trois autres personnages de la Comédie italienne font de la musique; à droite, sous un arbre, en pendant, Pierrot assis entre deux femmes. Aquarelle exquise, sur un dessin à la plume. Dans la manière de Watteau et de Lancret. Signé : *G. J. Xavery inv.* F., 1738.

181. — *Pierrot entre deux femmes*. Ce groupe, le même que le groupe de droite dans la composition précédente, est de plus grande proportion. Quatre autres personnages de la Comédie italienne paraissent sous les arbres en arrière de Pierrot. Même signature et même date. Également à l'aquarelle, avec du crayon rouge et du crayon noir.

ÉCOLE FRANÇAISE.

182. — *Dessin d'architecture.* Extrêmement correct et savant. A la plume et lavé. Attribué à Hubert Robert dans la collection.

DIVERS.

183. — *Ornement d'église*, décoré de têtes d'anges et surmonté d'un saint ciboire. A la plume et lavé. Modèle pour ciseleur (?).

184. — Vingt-deux Études d'atelier, Académies, etc.

185. — Quatre Académies par Dumont le Romain, Drouais fils, etc.

186. — Neuf Études académiques, de l'atelier de Louis David.

187. — Dix-huit dessins de paysages.

188. — Dix-sept dessins : compositions diverses.

189. — Six dessins de maitres, dont trois avec la marque de la collection J. D.

GRAVURES.

J. CHALON, dessinateur et graveur, né à Amsterdam en 1738, mort à Londres en 1795.

190. — Soixante-sept eaux-fortes dans le style de Rembrandt. Collection rare et curieuse.

G. B. NOCCHI.

191. — Douze gravures d'après fra Angelico da Fiesole.

P. SOUTMAN.

192. — Quatorze Portraits d'empereurs germaniques, gravés par J. Suyderhoef et van Sompel, d'après Soutman.

J. SUYDERHOEF, P. PONTIUS et autres.

193. — Dix Portraits, gravés d'après Rubens : Maximilien d'Autriche, Isabelle-Claire-Eugénie, François de Moncade, Nicolas Rockox, etc. Belles épreuves.

L. VORSTERMAN et P. PONTIUS.

194. — Huit Portraits gravés d'après Rubens : Néron, Brutus, Sophocle, Platon, etc.

195. — Trente-cinq gravures d'après les plus beaux dessins des maîtres de l'École italienne dont les originaux sont à Rome : Michel-Ange, Raphaël, etc.

196. — Sous ce numéro seront vendus des lots de dessins et d'estampes non catalogués.

RED. :

18

0 1 2 3 4 5 6 7 8 9 10

www.ingramcontent.com/pod-product-compliance
Ingram Content Group UK Ltd.
Pitfield, Milton Keynes, MK11 3LW, UK
UKHW022001260726
13994UKWH00004B/1888